A' Chàparaid

An sgeulachd **Phyllis Root** • Na dealbhan **Jill Barton**

A' Ghàidhlig **Tormod Caimbeul**

acair

Bha Sìneag teth.
   Bha Seocan teth.
Fiù 's a' bhìodag nach robh teth, teth, teth.
Teas, an tuirt thu!
"Tugainn chun an loch,"
   arsa Sìneag is Seocan.
"Tugainn!" ars a' bhìodag.

A' chiad fhoillseachadh an 2001
le Walker Books Ltd
87 Vauxhall Walk
Lunnainn SE11 5HJ
Teacsa © 2001 Phyllis Root
Dealbhan © 2001 Jill Barton

Air fhoillseachadh sa Ghàidhlig le Acair an 2001
tro rèiteachadh le Walker Books Limited, Lunnainn

A' Ghàidhlig Tormod Caimbeul
© na Gàidhlig Acair

Chuidich Comhairle nan Leabhraichean am Foillsichear
le cosgaisean an leabhair seo.

Air a chlò-bhualadh san Eadailt.

LAGE/ISBN 0 86152 234 6

"Mmm ... tha eagal orm," ars an t-athair.
"Chan eil fhios a'm an
  dèan sinn a' chùis anns
  a' chàparaid càr sin.
  Cha tèid e ro luath
  's cha tèid e ro fhada."

"Och, a thì, a thì, a thì,"
  dh'èigh Seocan is Sìneag.

"Tugainn!" dh'èigh
  a' bhìodag.

"Och, uill, ceart gu leòr,"
  ars an t-athair.
"Feuchaidh sinn às."

Agus lìon e flasg le sùgh dearcagach, dearg-shùghmhor
a thèid suas do shròin is na do shùilean;
agus tuba làn sgudal de dh'uachdar is de theòclaid,
slisneagan liomaid fuar, fuar agus reòthte.

Thug Sìneag leatha bàlla - boing!- tràghad.
Thug Seocan leis bòrd-seòlaidh -
marcaiche nan stuagh geal bòidheach esan.
Agus thug a' bhìodag leatha
am bàta maide-cnaganach,
leis a' chuibhle mhòr fhiodh
le na rothan innte.

Chuir an t-athair car dhen iuchair -
brùm *brùm* brùm *brùm*.

gliongadaich glangadaich

gnùst brùchd *brag!*

Mach leotha chun an loch
anns a' chàparaid càr.
Cha deach iad ro luath agus
cha deach iad ro fhada,
nuair a chuala iad

bùùm sssssss

dh'fhalbh a' ghaoth
le fead às an taidhr.

ai ai ai...

"Na biodh dragh ort," arsa Sìneag.
"Tha fhios agams' dè nì sinn."

Agus chuir i am bàlla - boing! boing!- tràghad
an sàs fon chàr, ga dhitheadh gu teann
le slabaidean sgudalach teòclaid.

Chuir an t-athair car dhen iuchair -
brùm *brùm* brùm *brùm*.

cliobadaich clabadaich

gliongadaich glangadaich

gnùst brùchd brag!

Mach gun ghabh iad chun an
loch anns a' chàparaid càr.
Cha deach iad ro luath agus
cha deach iad ro fhada ...
nuair a chaill iad na casan.

mo chreach-sa thàinig–

thuit an làr às.

"Na biodh dragh oirbh," arsa Seocan.
"Cuiridh mise ceart san spot e."

Agus chuir e am bòrd-seòlaidh far
an robh an làr, ga chàradh gu
teann dòigheil le slabaidean
sgudalach sruthanach teòclaid.

Chuir an t-athair car dhen iuchair -
brùm *brùm*   brùm *brùm*.

gliogadaich glagadaich

cliobadaich clabadaich

gliongadaich glangadaich

gnùst brùchd brag!

Lean iad orra chun an loch
anns a' chàparaid càr.
Cha deach iad ro luath agus
cha deach iad ro fhada, 's cha mhòr
gun chreid iad an ath
rud a thachair.

Murt mhòr is
mo chreach-

dh'fhalbh an tanc.

"Coma leibh," ars an t-athair.
"Cuiridh mise sin a dh'obair."

Agus chuir e am flasg, a bha làn
de shùgh dearcagach dearg-shùghmhor,
air a' chàr, ga chàradh gu teann
le slabaidean slabaideach teòclaid.

Chuir an t-athair car dhen iuchair -
brùm *brùm* brùm *brùm*.

sniogadaich snagadaich

gliogadaich glagadaich

cliobadaich clabadaich

gliongadaich glangadaich

gnùst brùchd brag!

Rinn iad an slighe
chun an loch
anns a' chàparaid càr.

Cha deach iad ro luath agus cha
deach iad ro fhada, ach an uair sin

Gu sealladh –

siud an einnsean na theine.

"Nach truagh sin," arsa Seocan.

"Truagh dha-rìribh," arsa Sìneag.

"'S mòr mo mhulad, 's mòr," ars an t-athair.

"Obh obh, obh obh, o bhò."

Agus shuidh iad sìos an dìg an rathaid briste
brùite agus fo leòn, agus cho teth, teth, teth.
Agus an rud bu dorra dhaibh, *cha mhòr*
nach do ràinig iad an loch
anns a' chàparaid càr.

Chrath Sìneag a ceann.
Chrath Seocan a cheann.
Chrath an t-athair a cheann.
Chrath a' bhìodag am bàta
maide-cnaganach leis
a' chuibhle mhòr fhiodh
's na rothan innte.

"Tugainn," ars a' bhìodag.
"Tugainn, tugainn, tugainn."

"Eil thu smaoineachadh ... "
 arsa Sìneag,
"gu faodadh e ... " arsa Seocan,
"obrachadh?" ars an t-athair.

Agus rug iad air bàta na bìodaig
agus chuir iad ris a' chàr e,
ga shàthadh gu teann le sglabaidean
slabaideach teòclaid.

Chuir an t-athair car dhen iuchair -

brùm *brùm*   brùm *brùm*.

sìsdeil pìochail

sniogadaich snagadaich

gliogadaich glagadaich

cliobadaich clabadaich

gliongadaich glangadaich

gnùst brùchd

brag!

Mach à seo chun an loch anns a' chàparaid càr!

Cha deach iad ro luath ach chaidh iad glè fhada.
Agus ràinig iad an loch anns a' chàparaid càr!

'S bha osag na gaoithe cho ciùin agus cho càilear;
leum iad dhan uisge le èigheachd agus le mòr-ghàireachdainn.

'S e Sìneag a bha toilichte, agus Seocan
toilichte cuideachd.
Agus an t-athair agus a' bhìodag, toilichte, toilichte.

Fad an là 's a' ghaoth cho coibhneil,
dh'fhuirich iad aig an loch le aoibhneas.
Dh'fhuirich iad gus na thuit an oidhche, gus an deach
a' ghrian à sealladh 's gus na dh'èirich a' ghealach.

'S ann an uair sin a thog iad orra 's a dh'fhalbh iad

sìsdeil pìochail

sniogadaich snagadaich

gliogadaich glagadaich

cliobadaich clabadaich

gliongadaich glangadaich

gnùst brùchd brag!

fad na slighe dhachaigh.